L'ART

DE VIVRE HEUREUX

SUR LE THÉATRE

DU MONDE.

POËME

SUR LA FORTUNE.

Par M. DELOYNE DE LA GABELLIERE.

Prix trente-six sols.

A AMSTERDAM;

Et se trouve,

A PARIS,

Chez { L'AUTEUR, rue S. Jacques, à la Rose blanche;
       BELIN, Libraire, même rue, vis-à-vis S. Yves.

M. DCC. LXXIX.

L'ART
DE VIVRE HEUREUX
SUR LE THÉATRE
DU MONDE.

POËME

SUR LA FORTUNE.

D'OU-VIENT, dans l'Univers, qu'on ne trouve perſonne
    Qui ſoit ſatisfait de ſon ſort,
Et que, quelque faveur que le deſtin nous donne,
C'eſt un ſujet pour nous de triſteſſe ou de mort?

    LE Matelot laſſé d'un Océan fragile,
      Veut louer le Marchand qu'il ſert ;
Le Marchand à ſon tour croit heureux & tranquille
L'agité Matelot, exempt de ce qu'il perd.

    LE Laboureur léſé, que les procès entraînent
      En ville, voir ſon Avocat,
Le loue ; & l'Avocat, que ſes procès enchaînent,
Du libre Laboureur veut envier l'état.

    NOUS ſommes mécontens du deſtin qui nous range
      Et ſous les loix & ſous les cieux ;
L'homme veut d'autres loix quand il eſt vicieux :
S'il eſt avide, il veut quelque climat étrange.

A ij

Mais Jupin qui se rit des desseins du mortel,
Des châteaux qu'il fait en Espagne,
Voit que dans tout pays le bonheur l'accompagne,
Et que de ce qu'il veut il n'a rien de réel.

Il voit que l'homme fait des souhaits inutiles,
Et qu'il a tout ce qu'il lui faut ;
Que si pour les remplir ils ne sont pas faciles,
Il ne doit de son cœur qu'accuser le défaut.

Qui force le nocher à braver la tempête,
En faveur du Marchand qu'il sert,
Dans son pays il peut y garantir sa tête ;
Le sort du Commerçant est à lui-même offert.

Comme le Paysan, l'Avocat a ses peines,
Les procès l'accablent souvent ;
D'autrui prenant la cause, il souffre mille gênes,
Et desire le sort de son propre client.

De nos communs malheurs notre esprit est la cause,
Des sens il suit trop les travers :
Or quand, sur la raison, l'homme ne se repose,
Toutes ses actions fomentent ses revers.

Un Amant qui se voit dupe de sa Maîtresse,
Fait serment de ne plus aimer ;
Mais il se voit bientôt trahi par sa foiblesse ;
Une Amante nouvelle encor fait le charmer.

Ami moins inconstant que celui qui vous fâche,
Vous le détestez à jamais ;
Mais une attraction en secret vous attache,
Et vous le délivrez des peines des forfaits.

La sensibilité nous expose à la gêne,
Dont nous pouvons nous préserver,
Et de nos passions le torrent nous entraîne,
Quand leur vice interdit l'art de nous conserver.

Orgueil, combien de nous as-tu fait misérables,
Qui, sans toi, pouvoient être heureux ?
Ne nous plaçons jamais dessus tous nos semblables,
Presque tous les objets sauront plaire à nos yeux.

Un Homme, quel qu'il soit, ne vaut plus qu'un autre Homme,
    Ses mœurs favent le diftinguer;
Étant un fils d'Adam, c'eft un frere de pomme,
De fon extraction il ne peut fe targuer.

Si quelqu'un envers vous a commis quelque offenfe,
    Du crime examinez le cas :
Selon votre pouvoir ayez de l'indulgence,
Tranquille vous verrez finir tous vos débats.

Il nous faut excufer, comme dit la Fontaine,
    Prefque tous les défauts d'autrui;
Car, en tout temps, d'eux feuls notre beface eft pleine;
Les nôtres font toujours vûs de notre ennemi.

En voyant qu'on vaut peu, l'on n'a point de difpute;
    Vous croyez celui qui le dit :
Le compliment corrige & la paix s'exécute ;
Car de ce qu'on fait bien l'on n'eft point interdit.

Cessez donc d'accufer quelqu'un d'ingratitude,
    Vous l'êtes le plus des ingrats;
Et fans faire fur vous un examen bien rude,
Mille exemples récens ne le prouvent-ils pas ?

Si d'un crime commis, pourfuivant la vengeance,
    Vous voulez la punition;
Confidérez-vous bien, & cette infigne offenfe
Se détruit aifément par la réflexion.

N'avez-vous pas jadis mérité les fupplices,
    D'un ami convoquant la mort ?
Oui, le duel vous fouille, ou d'infâmes caprices,
Du tourment ennemi fait votre commun fort.

Ah ! bien loin que d'autrui vous ayez à vous plaindre,
    Vous devez vous plaindre de vous ;
Car à de faintes loix fi vous fûtes enfreindre,
Pourquoi ne pas blâmer votre injufte courroux?

En vain l'homme d'efprit s'exhauffe fans mefure,
    Et préconife fes talens;
En voyant fes défauts, fon eftime eft impure,
Ceux qui ne les ont point font à fes yeux plus grands.

A iij

La sensibilité jointe à notre amour propre ,
Est donc la source de nos maux ;
Mais l'examen sur nous est un reméde propre
A tirer le bonheur de nos plus grands défauts.

Oui par nous la Fortune à tort est accusée ,
De nous douer d'un foible cœur ,
Puisque notre ame enfin n'est jamais abusée ,
Et que ses passions forment notre bonheur.

Entre les passions , si les plus générales
Sont gloire , richesses , honneur,
Entre nos actions aussi les principales ,
Sont l'affreuse bassesse & le manque de cœur.

L'amour que l'on a cru passion tyrannique ,
Est balancé par ses effets ;
L'époux doit en jouir , rarement il s'en pique ,
Ses sermens ont volé sur l'aile des regrets.

La gloire dont par-tout les hommes font parade ,
N'est qu'une sotte vanité ;
Cette mode mondaine , implacable boutade ,
Plonge leurs bonnes mœurs dans la perplexité.

Nous nous réformerions , d'un singe , sur l'exemple ,
Qui fier d'un habit galonné ,
Contrefait en public un Héros qu'on contemple ,
Et jouit de l'honneur à l'homme destiné.

La satisfaction qu'il recherche est frivole ,
Nous rougirions d'en être épris ;
Cependant il se croit fort plaisant dans son rôle ,
Et de sa fausse gloire un habit fait le prix.

Du villageois joyeux nous nous moquons de même ,
Quand il sautille dans son bourg ;
Il se croit grand danseur , sa folie est extrême ,
Mais la terre foulée est témoin qu'il est lourd.

Tout ce que nous pensons du paysan , du singe ,
Les Seigneurs le pensent de nous ;
Nos imitations en contrats , maison , linge ,
Sont des certificats que nous sommes tous fous.

LES riches à leur tour ont bien leur ridicule;
Que pourroit penfer un Caton,
D'un homme écervelé, qui pour un feul mot brûle
De fe battre en duel avec fon compagnon.

D'UN autre qui des jours fait des nuits les plus claires;
Et fait ébranler fon plancher;
Qui ne croit point avoir de plus grandes affaires,
Que de danfer chez lui plutôt que d'y marcher.

POUR peindre les humains il faut être Héraclite;
Car leurs vices me font pleurer;
Je crois qu'en même-temps le fameux Démocrite,
Riant de leurs défauts ne dût les effleurer.

TOUS ceux que nous voyons chercher la fauffe gloire;
Attrapent un phantôme vain;
En vain l'homme fur l'homme entaffe la victoire,
Son excédent n'eft pas la moindre part d'un nain.

O VÉRITABLE gloire, il eft temps que ma mufe;
Peigne l'éclat de tes rayons;
Mais je vais, fi je ne m'abufe,
Changer un inftant mes crayons.

ODE

Sur la vraie gloire.

IMAGE de folide gloire,
Amour divin de la vertu,
Le vice orgueilleux abattu,
S'enchaîne à ton char de victoire.
Combien tes propres actions
Ont fu foudroyer d'Ixions,
Et fu rendre l'honneur durable!
O douce & tendre volupté!
De tes feux je fuis enchanté,
Qu'à mes yeux tu parois aimable.

LES cœurs qui reffentent tes traits;
Coulent des jours remplis de charmes;

La vérité produit tes armes,
Et l'aménité tes attraits.
O ciel ! quoi, tous tant que nous sommes,
Nous cherchons l'estime des hommes
Hors du sein de tes actions ;
Mais par toi l'on boit le calice
Du plus admirable délice,
Tu fais nos satisfactions.

❧

L'Homme ne peut être immuable,
Sans la vérité, la vertu :
Orgueil, que ne les cherches-tu,
Auprès d'elles es-tu prisable ?
La vertu, vrai miroir de Dieu,
Doit être admirée en tout lieu ;
Tout doit tomber comme la feuille ;
Mais tranquille en son fondement,
Elle dure éternellement,
Et Dieu dans son sein la recueille.

❧

Ainsi donc la Fortune ; en nos affreux revers,
    Sur nos maux garde l'innocence,
Lorsqu'on chérit la gloire & ses trésors ouvers,
Font voir qu'elle la garde aussi sur l'opulence.

❧

La richesse est, disoit aux hommes un Ancien,
    Peu digne de l'amour du Sage ;
Au méprisable, Dieu fait prodiguer le bien,
Et du plus vil humain on le voit le partage.

❧

La soif de l'opulence est dûe à ces Mortels
    Qui la rendent vraiment louable,
Qui, pour l'amour de Dieu, lui dressent des autels,
Pour le soulagement de l'homme misérable.

❧

Le Pauvre qui gémit sous le sort le plus lourd,
    Aime quelqu'un qui le soulage ;
A son humble priere il voit le Riche sourd,
Du pain fait son bonheur, il le prend chez le Sage.

. Ah ! pourquoi défirer quelque immenfe tréfor,
  Si nous chommons du nécelfaire ?
Quand on manque de pain doit on chercher de l'or,
Et du travail d'Adam fut-il donc le falaire.

Pourtant il eft aifé de guerir les Humains
  De cette foif de la richelfe ;
Il l'eft de les guérir de leurs caprices vains,
Mais peu des maux qu'en nous fait caufer la tendrelfe.

L'Homme mélancolique aime facilement,
  Il eft à l'amour trop fenfible ;
Les belles ont fur lui l'empire trop puilfant,
Son cœur à leurs attraits eft bientôt accelfible,

Son penchant ou fon goût l'enchaine en un lien,
  Qui le fait tomber dans un piége ;
A peine un tendre amour expire dans fon fein,
Qu'un autre au même inftant en prend le privilege.

Il eft bien malheureux, fi fon deftin fatal
  L'expofe aux charmes d'une Belle ;
Car il fe voit bientôt conduire à l'Hôpital,
Dès qu'il eft embrafé du feu de fa prunelle.

La voix de la Chanteufe élance dans un cœur
  Un trait que jamais il ne quitte:
Ce femelle Amphion de vos fens enchanteur,
Ainfi que Palinur, bientôt vous précipite.

Que ne fuis-je infenfible, hélas ! difoit un jour
  Phaon à Sapho la chanteufe ;
Votre voix en mon cœur n'imprimeroit l'amour,
Ma fatisfaction en feroit plus heureufe.

Il eft beau de fentir cette autre vérité,
Qu'un mortel en tous lieux, par l'amour agité,
Envain évite-t-il la retraite profonde,
  Dans la foule au milieu du monde,
Contre l'amour fon ame eft plus en fûreté.

La Fortune à préfent fe voit juftifiée
  Des maux que nous caufe l'amour,
Et de ceux de la gloire en nous falfifiée,
Et de ceux des tréfors fi cherchés dans ce jour,

Il faut justifier cette même Fortune ;
Des maux causés par nos desirs ;
L'avenir est pour nous une chose importune,
Et nous le voudrions conforme à nos plaisirs.

Le mal que l'on éprouve à deux sources diverses :
Il vient ou de la volonté ,
Ou de la Providence ; en toutes nos traverses ,
Nous accusons le sort d'avoir fort mal été.

La Fortune n'est pas cause du mal insigne ;
Qui provient de tous nos vouloirs ;
Quant à la Providence, ah ! ses maux sont un signe ;
De la futilité de nos propres devoirs.

On doit se consoler de tout dedans le monde ,
Et rire de l'adversité ;
Le sage Ænée a su dans sa douleur profonde ,
Rire enfin , malgré lui , de sa calamité.

L'Homme est libre & peut tout ; toujours la Providence
Le secoure dans ses projets ;
Toujours dans ses malheurs , son peu d'expérience
Bâtit le fondement de ses fâcheux succès.

Le Monde comme on dit est un théatre horrible ,
Ou tout Acteur est malheureux ;
Tout y n'est que misere , ou risible, ou sensible ;
L'on y pleure, on y rit , tout s'y passe d'affreux.

La Fortune n'est point cause de nos tristesses ,
Et c'est à tort que quelqu'humain
Dit qu'il est tout courbé sous le faix des détresses ;
Alors qu'il peut avoir des habits & du pain.

Le nécessaire à l'Homme est possibe à lui-même ;
L'Enfant de la Nature à tout ;
Mais de celui de l'Art, le besoin est extrême ,
Il ne peut assouvir ses desirs ni son goût.

Qu'avons-nous de besoin , dans l'état où nous sommes ;
Si ce n'est d'un modeste habit,
Et plus lourd dans l'hiver que celui que les hommes
Veulent porter quand l'Astre est à notre zénit.

Nos besoins font de pain, de soupe & de viande ;
Nous y devons borner nos vœux :
Il nous faut une peau quand l'hyver le commande,
Le vêtement de bête est chaud & peu coûteux.

MAIS je veux, dites-vous, au sein de l'abondance,
Satisfaire tous mes desirs ;
Ne réssemblez-vous pas à ce fou dans sa transe,
Qui veut boire tout seul, l'aiguiere des plaisirs.

CELUI qui nous conduit au marché, des voitures
Qui sont pleines de pain tout frais,
En mange-t-il donc plus quand d'étranges allures
Lui font vendre ce pain pour en payer les frais ?

EN ce siecle, il est vrai, le simple est ridicule,
Nos mœurs s'assimilent à tous ;
En vous y conformant, qu'un secret dissimule
Votre inclination, vos façons & vos goûts,

CHEZ le pompeux Platus, je vis une assemblée
D'objets variés en atours ;
Dès que la jeune Ilas entre eux tout s'est mêlée,
Elle éprit notre estime en fixant nos amours.

CETTE Fille est sans bien, elle est pauvre, mais belle ;
On est plus heureux sous ses loix,
Que sous une superbe & riche Péronnelle ;
Le sentiment, non l'or, captive notre choix.

L'ÉLEVE simple & vrai de la pure nature
A donc un médiocre besoin ?
Il satisfait encor la société pure,
Et plaît à l'Univers dont il habite un coin.

EN VAIN nous plaignons-nous des traitemens des Hommes ;
Et nous les taxons de pervers ;
Mais examinons-nous dans l'état où nous sommes,
Voyons que dans autrui nous y forgeons nos fers.

IL faut vivre en tous lieux, avecque nos semblables ;
Nous étudions peu cet art ;
Soyons-leur en tout temps utiles, agréables,
Nous goûterons la paix sans mélange & sans fard.

Le trop jeune Asophis m'extasie & m'étonne,
Il est tendre, aimable & charmant ;
Il fait mille poulets que la Belle couronne
De l'aveu le plus doux & le plus séduisant.

Jaloux de son bonheur, il chérit sa jeunesse,
Jusques à l'âge de trente ans ;
Mais bientôt il maudit sa fougue & son ivresse,
Et veut prendre un état, alors qu'il n'est plus temps.

Le faix des ans accourt, l'amour propre s'envole
Sur l'aîle du commun regret ;
Fui des admirateurs l'admirable s'isole,
Il meurt à soixante ans sans savoir quel il est.

Mais, que dis-je, Asophis, au sein de la misere,
Voit trancher le fil de ses jours ;
Il n'a pas pris l'état conseillé par son Pere,
De moitié de sa vie il corrompit le cours.

Si vous désirez être aimé, chéri du monde,
Soyez utile par état :
Le talent, la richesse est sur quoi l'on se fonde,
Avec eux vous vivez tranquille dans l'éclat.

Pour bien vivre, il faut voir à-peu-près nos semblables,
Ainsi qu'un Pere voit son Fils ;
L'indulgence nous rend en tout temps incapable,
Dans la société, de trouver des ennuis.

Ce bon Pere qui goûte à long traits l'amertume
De voir un Fils qu'il a bossu,
Dit qu'il est tout voûté. Le Boiteux se présume,
De l'avis des Parens, ne marcher que tortu.

Si ces défauts chez vous n'ont point de tolérance,
Pesez donc les vôtres cachés ;
Il valent bien ceux-là, s'ils n'ont leur apparence,
Vos vices à vos traits les ont tous attachés.

Pourquoi vous plaignez-vous d'un Homme qui vous berne ?
C'est peut être un premier venu ;
Il falloit sur lui-même y porter la lanterne,
Le malheur qui vous suit vous eut été connu.

PAR prudence il ne faut confier à perfonne
Et fon état & fes fecrèts ;
Car fi c'eft un bonheur que le vice environne,
Où vous êtes trahis, ou payez vos fuccès.

PRESQUE tous les défauts qui tyrannifent l'Homme
Sont un miroir de vos penchans ;
Parcourez les pays de Paris jufqu'à Rome,
Vous ne voyez que vous, en voyant les méchans.

NILMANDRIS, dites-vous ; eft ennuyeux à gage,
C'eft un terme qui ne dit mot ;
En compagnie il n'a de fingulier ufage,
Que de s'y faire voir l'unique Homme de fot.

MAIS s'il eft terme, enfin, Nilmandris eft utile ;
Il peut montrer l'heure qu'il eft,
Et vous faifant penfer votre foin trop futile,
Sur votre temps perdu fixer votre regret.

VIVICIUS ne rend jamais ce qu'il emprunte ;
Il faut le faire emprifonner ;
Il eft veuf, il a fait obliger fa Défunte
A payer ce qu'on veut le contraindre à donner.

MAIS il n'a pas un fou, dès la mort de fa Femme,
Il a mangé tout fans raifon ;
Vous paira-t-il donc mieux en le rendant infâme,
Impitoyablement aux fers d'une prifon ?

POURQUOI vous avifer de flétrir tant cet Homme ;
Étant coupable de prêter ?
Si de ce qu'il vous doit votre avarice chomme,
Il ne fallait donc pas vous le faire emprunter.

VOUS aviez un Laquais, il vous laiffe & vous quitte,
Et vous emporte fon habit ;
C'eft faire en furieux que le tranfport agite,
S'il eft par votre fait pendu pour ce délit.

SI vous confidériez vos horribles manœuvres,
Vous verriez qu'il n'a pas grand tort ;
C'eft par tous vos travers, & vos mauvaifes œuvres,
Que pour cinquante fols il s'expofe à la mort.

Lorsqu'on fait vœu d'être & rigide & severe ,
Il faut bien mériter des loix ;
Il faut être équitable , aussi bien que sincère ,
Et ne pas mettre enfin l'innocence aux abois.

Cependant je vous vois profiter des miseres
De ce malheureux Hortensin ;
Et son champ labouré de tout temps par ses Peres,
Va passer à vil prix en votre avide main.

Il est bien des défauts dont on ne peut se plaindre,
Il en est qu'on doit excuser ;
Il est dans l'univers beaucoup d'hommes à craindre ,
Et nous ne les pouvons malgré nous reculer.

Il faut souffrir par-tout , & notre patience
Est la regle de nos devoirs ;
Il nous faut mesurer notre condescendance ,
Et toujours la borner à nos petits pouvoirs.

Nous devons endurer de ces hommes atroces ,
Ce que dicte leur volonté ,
C'est des tigres altiers dont les ongles féroces
Établissent sur nous un empire indompté.

Ces êtres , ces humains sont comme une machine
Dont tout le ressort se détend ;
Le coup par lui porté cause notre ruine ,
Quand notre ame tranquille au revers ne s'attend.

C'est en vain que l'on veut tirer une vengeance
De tout le mal qu'elle nous fait ;
Un moulin qui tournoie est exempt de souffrance ,
D'un membre inanimé l'on n'est point satisfait.

Si le peuple envers nous est coupable de crime ,
Notre vertu fait notre droit ;
Loin que notre vengeance & se hâte & s'anime ,
C'est en lui pardonnant qu'il nous rend ce qu'il doit.

En ce siecle poli que la raison éclaire ,
L'homme est dessus le point d'honneur ,
Plus barbare cent fois & plus atrabilaire ,
Qu'un vrai Canadéen en proie à sa fureur,

L'HONNEUR dans tous les temps, nullement ne réfiste
  A tous les complots des humains ;
C'eft à leur pardonner en tous lieux qu'il confifte,
C'eft à verfer fur eux fes dons à pleines mains.

✻

NOUS voyons la Fortune en tout cas innocente
  Des maux de la focieté ;
Mais il eft d'autres maux dont la charge eft pefante ;
Et nous les recevons des bras de l'amitié.

✻

LE nom d'ami marquoit un fecond de nous-mêmes ;
  Autrement, de nous la moitié ;
Mais il fouffre à préfent quantité de Baptêmes,
Et fon mafque n'eft plus que perfide amitié.

✻

LEVEZ-LE, vous verrez l'art de tromper, de feindre ;
  A la place de la candeur ;
La fréquentation ofe prendre fans craindre ;
De la fimple amitié, le pur extérieur.

✻

LE plaifir, l'amitié font entr'eux fynonymes ;
  Ils font la volupté des cœurs ;
Ils guériffent des maux dont ils font les victimes ;
Et changent les chagrins en fuprêmes douceurs.

✻

LA vraie amitié n'eft qu'une fympathie
  D'ame & défintéreffement ;
L'ami dans vos revers, jamais ne vous oublie ;
Il ne reçoit de vous de mécontentement.

✻

IL n'a pas de befoin de confeil falutaire
  Pour favoir tout ce qu'il vous faut ;
Il fait à votre égard très-bien ce qu'il doit faire,
Et fa vraie amitié vous le donne bientôt.

✻

IL eft beaucoup de maux des amis ordinaires ;
  Ce font des efprits malfaifans ;
Il vous falloit pefer leurs mauvais caracteres,
Vous n'euffiez envers eux été fi complaifans.

✻

POURQUOI vous plaignez-vous de votre ami perfide ;
  Le taxer d'ingrat, d'indifcret ?
Mais s'il eft votre ami, la droiture le guide ;
Il vous rend des devoirs, garde votre fecret.

C'est donc votre ennemi taxé d'ingratitude ;
Est-il ingrat, & vous doit-il ?
S'il se fit à tromper, la plus affreuse étude,
Vous ne pouvez blâmer son cœur traître & subtil.

L'homme obligé ne doit nulle reconnoissance
Du service qu'il a reçu ;
Vous fîtes le possible ; en tirer récompense,
C'est manquer à la fois d'honneur & de vertu.

Tout bienfait en soi-même est un acte louable,
Qui n'est jamais récriminé ;
Celui qui l'a rendu n'est jamais excusable,
Pour en recevoir un des mains qui l'ont donné.

De celui qu'on oblige exigeant des souplesses,
C'est-là se payer de son don,
L'orgueilleux se repaît des humaines bassesses,
Un dévoûment malin se doit au fanfaron.

Si quelqu'un vous dévoue une amitié pure
Pour prix d'un service rendu,
Il vous faut l'accepter ; ce seroit imposture,
Si le devoir étoit en argent revêtu.

Quiconque veut taxer l'ami de perfidie,
Ou bien l'accuser d'être ingrat,
S'échappe du bon sens qui toujours s'étudie
A croire que c'est-là le monde & son état.

Comme nous devons vivre avec que tous les hommes,
Il nous faut attendre aux revers ;
Il n'en est point chez nous, dans le siecle où nous sommes,
Qui ne soit pas injuste, inconstant & pervers.

O trop heureux le jour, où selon notre attente
Le perfide nous a trompé ;
Car c'est pour l'avenir une école savante,
C'est à s'en garantir que l'on est occupé.

De notre amitié ne faisons confiance
Qu'à ceux qui peuvent nous servir ;
Et dont les qualités, la bonne intelligence,
Dans tous nos intérêts peuvent se réunir.

Selon

SELON moi, la fortune eſt donc juſtifiée
De tous les maux de l'amitié ;
Tous ceux que nous produit l'ame déifiée,
Par un renom pompeux ſont dignes de pitié.

✶

JE vous plains d'être épris de votre renommée ;
Chériſſez l'eſtime avant tout ;
Soyez peu ſoucieux de publique fumée,
La paix & le renom s'accordent peu par-tout.

✶

SUIVEZ mes bons avis, & dites comme un Sage,
Qu'on loue ou blâme mes revers,
Dégagé des ſoucis qui me portoient ombrage,
Si je peux m'eſtimer, voilà tout l'univers.

✶

CELUI qui chérit trop la ſotte renommée,
Semble ce voyageur niais,
Qui préſumoit commettre une action blâmée,
En montant ſur ſon âne & le chargeant d'un faix.

✶

IL imite en tout point cet étourdi trop jeune,
Qui paya pour être porté ;
Carroſſes & tendrons font que trop tôt il jeûne :
Voilà de ſes plaiſirs ce qu'il a remporté.

✶

IL eut beau ruiner ſa bourſe & ſa fortune,
Il n'eut de réputation,
Si ce n'eſt chez la gent mercénaire, importune,
Qui s'attendoit l'honneur de le mettre en priſon.

✶

DE ſes airs élégans au plus haut périgée,
S'il fut vu par quelques Seigneurs,
On le connut bientôt pour être en l'apogée,
A voir d'un train crotté les bruyantes humeurs.

✶

SON Laquais Savoyard, ſon Cocher en guenille,
Montrent que c'eſt un fou du temps,
Et que de ſon état, ſi l'étincelle brille,
C'eſt qu'il court à ſa chûte à pas plus éclatans.

✶

CELUI que l'on eſtime, à qui l'on voudroit plaire,
Ou nous ignore, ou fait ſemblant ;
S'il nous connoît, bientôt, c'eſt un Juge ſevere,
Notre amour propre ſouffre & blâme ce méchant.

B

La fortune n'étant cause de l'infortune ;
　　L'homme peut donc vivre content ;
Mais s'il veut être heureux, c'est la regle commune ;
Des dettes, selon nous, il faut qu'il soit exempt.

Pour ne point s'endetter, il faut se trouver riche ;
　　Même au sein de la pauvreté :
De prodigalités l'on doit être fort chiche ;
Lors nous coulons nos jours dans la tranquillité.

Jamais dans l'ancien temps les héros de la Grece ;
　　Se sont plaint de leur pauvreté ;
On les vit constamment endurer la détresse,
Et se trouver heureux même en l'adversité.

On ne peut jamais être en tous lieux sans ressource ;
　　Soit dans l'esprit ou dans le cœur :
De la richesse pure en notre ame est la source,
La satisfaction fait tout notre bonheur.

La fortune jamais ne rend compte à personne
　　De ses bienfaits & ses faveurs ;
Elle ne justifie en rien ce qu'elle donne,
Le bien qu'elle nous fait compense nos malheurs.

Dans quelqu'état qu'on soit, l'inconstante fortune ;
　　Malgré nos vœux, ne nous doit rien :
Nos revers ont pour elle une cause commune,
Tout est d'elle en emprunt, nous en tenons le bien.

Elle en peut disposer, & même elle en dispose ;
　　Selon son caprice cru vain :
Cessons donc de nous plaindre en tout sur chaque chose ;
Sommes-nous son arbitre ou maîtres du destin !

Les sots chez les humains ont seuls la manie,
　　De mépriser l'homme abbaissé ;
Le sage clairvoyant se rit de leur folie,
Car il est son miroir, s'il étoit délaissé.

Qui de nous peut savoir ce que le sort nous garde ;
　　Même au faîte de nos grandeurs ?
En vain sur notre état notre orgueil est en garde,
On se trompe aisément à de fausses lueurs.

Il n'eſt ſouvent qu'un pas du ſuccès à la chûte ;
    La fortune fait changer tout :
Dans ce que l'homme penſe ou ce qu'il exécute ,
De ſes projets par elle il peut venir à bout.

Mais l'homme en tout état eſt heureux, s'il veut l'être,
    C'eſt-là toujours notre refrain ;
Et du rang du bonheur nul ne peut diſparoître,
Soit qu'il ſoit Savetier, Procureur, Chirurgien.

Chacun dans ſon état peut forcer la fortune
    A ſeconder tout ſes ſouhaits ;
N'ayez pas la pareſſe, à l'indigent commune,
Vos vœux & vos deſirs ſeront tous ſatisfaits.

Chacun dans ſon état doit faire ſon ouvrage ;
    Dedans ſon cercle limité ;
L'infortune s'épuiſe en un deſir peu ſage,
De quitter un métier qu'un pere a crédité.

Si vous êtes Rimeurs, faites des Chanſonnettes ;
    Peintres, peignez-nous des deſſus,
Soit de Porte ou d'Armoires, ou faites des Tablettes,
Et votre pain toujours ſe fonde là-deſſus.

Ne travaillez jamais pour l'immortelle gloire ,
    Peu ſûre eſt l'immortalité :
L'œuvre adopté par elle eſt le fruit du déboire ,
Des veilles, des travaux, de la calamité.

L'homme ſpirituel a beaucoup de reſſources ,
    Le déshonneur eſt pour lui vain ;
Les crimes ſeuls en ſont les déteſtables ſources,
Il érige à ſes vœux un triomphe certain.

Mais la diſtinction que nous faiſons des hommes,
    Eſt moins par leurs propres états,
Que par toutes les mœurs des endroits où nous ſommes,
Où nous les obſervons & nous en faiſons cas.

Quand le grand Fénélon nous peint ſon Télémaque,
    Réduit à faire le Berger ,
Il prouva par l'état de ce maître d'Ithaque,
Qu'on ne doit point rougir de s'y voir engager.

B ij

Le Héros, l'honnête homme ont même deſtinée ;
    Enſemble ils ſont ſoumis aux Cieux ;
Il eſt des heureux jours dans une triſte année,
Mais il en eſt fort peu pour des capricieux.

✻

C'eſt en vain que l'on dit par-tout que la Fortune
    Eſt aveugle dans ſes bienfaits ;
Que qui ne la mérite ou la croit importune,
En reſſent les faveurs, eſt un de ſes ſujets.

✻

Les Poëtes fameux & les Peintres habiles,
    Lui mettent aux yeux un bandeau,
La peignent en courant, & de ſes mains agiles,
Répandant au haſard le don le plus nouveau.

✻

Mais qui l'a peint ainſi, ne l'a jamais connue,
    Ou du moins qu'imparfaitement ;
La Fortune voit clair, nul bandeau ſur ſa vue
Empêche que ſon choix ne ſoit juſte & prudent.

✻

Il faut, pour en juger, & de ſes avantages,
    Conſidérer tous ſes heureux ;
Ce ſont des gens prudens, & vertueux & ſages,
Le vulgaire doit voir des qualités en eux.

✻

Ce n'eſt point le haſard qui produit les richeſſes
    A ceux que l'on en voit jouir ;
Leur mérite certain, leur ſavoir, leurs adreſſes,
Leur ont acquis l'éclat qui fait nous éblouir.

✻

En vain ſont-ils ſortis d'une naiſſance obſcure,
    Le talent ſut les élever ;
Aux travaux, aux dangers on vit leur vertu pure
Se livrer toute entiere & ſe les réſerver.

✻

Ils ſe ſont ſoutenus par leur propre conſtance,
    Et leurs pas furent dirigés
Par un ferme courage & par une prudence,
Qui ſurent les placer juſqu'au plus haut degrés.

✻

Ils n'ont rien entrepris en hommes téméraires ;
    Ils ont vu clair dans leurs deſſeins ;
Ils ont de leurs travaux reçu les vrais ſalaires ;
La Fortune ſur eux ſut déployer ſes mains.

MAIS par divers moyens l'on obtient la fortune ;
    L'on tire du fruit des talens ;
Ces moyens quelquefois font d'espece commune,
Les chemins du bonheur font toujours différens.

Un homme de néant èn tous lieux!, par exemple,
    Sans ceffe rampe auprès d'un Grand ;
Il connoît fes défauts, les loue, les contemple,
Sait même s'en fervir pour fon avancement.

Le moyen qu'il emploie eft, dit-on, méprifable ;
    Mais c'eft le prix des foins divers,
Qui le rendent poli, doux, docile, agréable,
Celui de fa conftance & de fes maux amers.

C'est aux dépens d'un fot qu'on voit la Courtifane
    S'enrichir bien de fa faveur ;
La rufe qu'elle emploie, en vain on la condamne,
C'eft en elle un talent pour captiver un cœur.

Elle fait fe fervir à propos de fes charmes,
    Et les mafquer de la vertu ;
L'homme bientôt féduit fait lui rendre les armes,
Croit qu'il eft même honteux d'avoir tant combattu.

Elle paroît fidele avec un cœur volage,
    Paffionnée en fes dedains,
Tendre, reconnoiffante, en fes noirs projets fage ;
Et ne le quitte point fans épuifer fes biens.

Tout homme eft aveuglé, s'il s'en laiffe féduire ;
    Elle voit clair dans fes projets ;
L'appas de la fortune, alors la fait conduire,
Et rend par fes efforts fes defirs farisfaits.

La Finance, dit-on, eft la plus courte voie,
    Pour amaffer de grands tréfors,
Il faut peu de talens à quiconque l'emploie,
Et ne demande pas de violens efforts.

Il eft vrai, qnand on eft près des premieres places,
    Qu'on entre dans les grands traités ;
Mais il faut obtenir des Grands les bonnes graces,
Ce qu'on ne peut fans foins, fans affiduités.

Il faut de la prudence & de la politique ,
Des lumieres pour réuffir ;
Sans une vigilance attentive & publique ,
Vous ne voyez jamais combler votre defir.

POUR faire une fortune un peu confidérable ,
Dans des dégrès inférieurs ,
Il faut l'intelligence , un travail fatiguable ,
En fe rendant utile , avoir de bonnes mœurs.

LE Commerce eft la voie ordinaire & licite
Pour pouvoir amaffer du bien ;
Mais dans un Commerçant, qu'il faut de vrai mérite ,
De travaux , pour venir à bout de fon deffein !

ON le voit s'exiler de fa chere patrie ,
Pour chercher de peu fûrs tréfors ,
Et pour les recueillir & garantir fa vie ,
Se fouftraire au péril par de fâcheux efforts.

QUELLES peines faut-il en une terre étrange ,
Pour la dépouiller de fes biens ?
Avec fes Habitans concerter une échange ,
Quelles combinaifons ! que de profonds deffeins !

LA Fortune chérit les Hommes de mérite ,
Et n'eft point aveugle pour eux ;
Toujours elle les fuit , & jamais ne les quitte ,
Sans même en leurs dangers les rendre tous heureux.

TOUS les biens de ce monde , a dit un Fabulifte ,
Sont mis en vente par Jupin ;
Mais pour les acheter , il faut que l'on perfifte
Dans le travail, l'emploi le plus utile au gain.

LES biens de la Fortune en font la conféquence,
Il faut tous les faire valoir ;
De fes prodigues mains , elle ne les difpenfe ,
Qu'en exigeant de nous cet avare devoir.

LES gens bouffis d'orgueil & fans aucun mérite ,
Ou ceux qui lui font peu la cour ,
La traitent d'aveuglée en leur fureur maudite ,
Parce que pour fes dons ils n'ont le moindre amour.

Jamais de l'acquérir ils se donnent la peine ,
Ivres de toutes passions :
Mais pour se soulager dans leur étroite gêne ,
Envain lui lancent-ils mille imprécations.

Leur incapacité jointe à leur indolence ,
Distrait ses regards dessus eux :
Pour obtenir ses dons , & chasser l'indigence ,
Il faut les obtenir sans être paresseux.

Mais on en voit , dit-on , à qui tous les biens viennent ;
Et les honneurs comme en dormant ;
Non , ils n'y pensent pas , pourtant il les obtiennent ,
La Fortune pour eux s'aveugle assurément.

Point du tout ceux qui sont dedans ce cas-là même ;
De biens ne sont dignes pas moins ;
Ils les ont sans espoir , mais le talent suprême
De les bien conserver , est le prix de leurs soins.

Il ne faut pas donner dans l'erreur du vulgaire ,
Croire que le hasard fait tout ;
Les plus brillans Esprits , les Savans d'ordinaire ,
Des plus sublimes rangs , ne viennent pas à bout.

Rien n'est fait au hasard par l'Auteur de ce monde ;
Tout à sa propre utilité ;
Si sur-tout ce qu'il veut , sa sagesse se fonde ,
Il ne rend l'homme heureux que par sa liberté.

Il faut considérer son magnifique ouvrage ,
Comme un parfait & vrai tableau ;
Le Peintre y plaça l'ombre avec un pinceau sage ,
Il y joignit les clairs & tout concourt au beau.

C'est ainsi que souvent des personnes bornées
Sont propres à certains emplois ;
Celui qui les plaça , forma leurs destinées ,
Il en est , soutenus, dociles à sa voix.

Ou de comparaison , c'est peut-être une piece ,
Ou bien c'est un ressort secret ,
Remuant lés esprits. L'on fixe avec adresse ,
Les regards sur ce seul & principal objet.

CELUI que l'on choifit pour ce deffein illuftre
   Peut-être ne l'attendoit pas;
Son pofte de fes foins emprunte tout fon luftre,
Et nul auparavant de lui ne faifoit cas,

MAIS le motif du choix autorife fa place;
   L'édifice, en fes fondemens,
N'eft que de pierre brute, & non pas la furface,
C'eft la folidité de tous fes ornemens.

POUR les fucceffions on voit encor des hommes
   Continuellement heureux;
D'autres parmi les jeux gagnent de groffes fommes,
Sans chercher la Fortune, elle comble leurs vœux.

LA Fortune n'eft point aveugle en fes largeffes,
   Les difperfant comme au hafard;
Ceux qui s'en trouvent près, ramaffent fes richeffes;
On ne peut la blâmer lors, s'il y prennent part.

IL eft très-à-propos que dans l'ordre des chofes,
   On connoiffe certains défauts:
D'une pure harmonie ils deviennent les caufes,
Ce font, nous l'avons dit, des ombres aux tableaux.

LA vertu, fans le vice, enfin eft impoffible,
   Et fans la lâcheté, la valeur;
La générofité ne feroit plus fenfible;
Il faudroit que de l'homme on arrache le cœur.

AVOUONS donc que rien n'arrive en la nature
   Par le moindre cas fortuit;
Que c'eft le Créateur, par fa volonté pure,
Qui difpenfe le bien, celui qui le détruit.

LE mérite de l'homme eft prefent à fa vue,
   Il nous afflige ou fait un don;
Sa fageffe à nos yeux ne peut être connue,
Elle doit exciter notre admiration.

IL faut nous efforcer & nous rendre capables
   De tous les grands dons qu'il nous fait;
Et fi nous acceptons des poftes honorables,
C'eft lorfque nos talens motivent fon bienfait.

Mais il faut convenir, & cela nous étonne,
De voir des Personnes d'honneurs,
Faites pour la Fortune, & qui les abandonne,
Sans avoir un seul jour connu le vrai bonheur.

Ces gens suivent son char, il éclate à leur vue,
Ils ont un immense talent ;
Mais nulle occasion de briller n'a parue ;
A d'autres ses faveurs sont à charge souvent.

Tous les gens attachés au char de la Fortune,
Sont des esclaves protégés :
La course qu'elle prend n'est que pour eux commune,
Leurs pas, leurs mouvemens en sont tous dirigés.

Si par abaissement l'on parvient aux richesses,
L'homme doit-il donc les aimer ?
Des gens à grands talens, indignes de souplesses,
Ne peuvent les avoir & moins les estimer.

Une ame intéressée à tous ces moyens viles,
Ne rougit pas de se livrer :
Mais à tout homme fier, quoiqu'ils semblent utiles,
Son cœur en s'y prêtant, croiroit se déchirer.

Les faveurs de tous Grands font une source immense,
Où nous puisons notre bonheur :
Si toujours ils aidoient la timide indigence,
Les talens reprendroient une noble vigueur.

De toute société, ce qui brise la chaîne,
Empêche le concours commun ;
C'est le manque de foi, la vengeance, la haine,
Et l'homme dans ce monde est à l'homme importun.

Parmi tous les humains, dans ce monde où nous sommes,
Beaucoup sont faux & charlatans,
Ils cherchent à tromper publiquement les hommes,
Et présument trop d'eux & de tous leurs talens.

Dans l'avaricieux & les gens à richesses,
La méfiance est sûre encore ;
Et les ongles crochus de leurs mains vengeresses,
Eventrent, comme on dit, une poule aux œufs d'or.

Les Arts sont arrêtés par ces puissans obstacles ;
    Sans eux ils feroient des progrès ;
L'on verroit tous les jours éclore des miracles ,
Et la Fortune auroit mille nouveaux succès.

Mais les chemins divers qui menent à sa roue ,
    N'ont pas encore été frayés :
De tout l'esprit humain en ses travaux se joue ;
Il aide la nature en ses fécondités.

Il est mille sentiers qui conduisent vers elle ,
    Et qui n'ont point été battus ;
Le courage ne s'ouvre une route nouvelle
Qu'avecque des secours moteurs de ses vertus.

Concluons donc ici, que jamais la Fortune
    N'est aveugle dans ses faveurs;
Que si de notre état, la vue est importune ,
Notre peu de mérite a produit nos malheurs.

Mais ceux qui sans mérite ont tenté des voyages ,
    Se trouvent, dites-vous , heureux :
Cela peut être vrai. Quels tristes avantages
En ont su retirer quelque marchands fameux?

DISCOURS SUR LES VOYAGES.

L'Homme dans tout climat suivra la Providence ,
Qui versera chez lui les dons de l'abondance :
Par quel dessein nuisible à sa tranquillité ,
Suit-il donc le penchant de son avidité ,
Ne se contient-il pas dans le lieu de ses Peres,
Sans chercher dans le sein des terres étrangeres ,
Des biens par son besoin nullement prévenus ,
Qui jusqu'alors pour lui devoient être inconnus ?
Homme , que cherches-tu par ce projet nuisible ?
Le bonheur , mais : hélas ! tu tentes l'impossible.
Avant que l'Océan , par Vespuce franchi ,
Mit de ce monde entier une part en oubli ,
Nous étions, par le Ciel , comme les autres Hommes,
Même plus fortunés qu'à présent nous ne sommes ;
Et ce ravissement de métaux précieux ,
S'il fut nous enrichir , ne nous fit point heureux :
Les funestes ardeurs de ces lointains voyages,
Procurent bien des maux & fort peu d'avantages ;

Car qu'allons-nous chercher dans ces mondes nouveaux?
Nous bravons les dangers, pour perdre le repos ;
Sans cesse inquiétés par les desirs barbares,
D'en envahir pour nous les trésors les plus rares ;
Du vice nous charmons le penchant orgueilleux,
Par l'appas éclatant de cet or précieux.
Helas ! si dégagés de cette idée avide,
Nous sentions les horreurs du vice qui nous guide,
Irions-nous follement dans les lieux étrangers
Chercher plutôt la mort au milieu des dangers ?
Non, non, loin de braver les vents & les tempêtes,
Nous rassurerions mieux nos enfans & nos têtes ;
Nous n'exposerions pas aux vagues en courroux,
Tout ce que nous croyons de plus chéri pour nous,
Nous nous contenterions du pays de nos Peres,
Sans songer un instant aux terres étrangeres ;
Nous ririons à loisir de tous ces insensés ;
Par les flots & les vents à plaisir dispersés,
Qui s'embarquent tous seuls sur la foi de Neptune,
Pour chercher loin de nous la paix & la fortune,
Qui, se mettant en bute aux caprices du sort,
N'ont pu trouver partout que la peine ou la mort.
Ah ! plaignez ces Humains, qui, dans la nef errante,
Poursuivent sur les eaux la Fortune flottante,
Qui, peut-être enrichis des vols de l'Univers,
Sont de leurs passions enchaînés dans les fers.
Le Ciel voit à regret que leur bras intrépide
S'arme par un cœur vil, de richesses avide,
Qui, les abandonnant à leur funeste sort,
Les punit d'un penchant qui leur donne la mort.
Combien en voyons-nous, malgré leurs biens immenses,
Qui, formant en tous lieux de vastes espérances,
Dans l'exécution de leurs projets nouveaux,
S'ouvrent avec leurs biens de malheureux tombeaux ?
Soit que dans un Navire ils voguent sur les ondes,
Ou soit que de leur cœur les chimeres profondes
Les retiennent chez eux dans l'espoir decevant,
D'un voyage fâcheux sur l'humide élément,
A peine ont-ils appris la funeste nouvelle,
Que leur fortune change ou bien qu'elle chancelle ;
Qu'ils sont bientôt en proie à leurs fâcheux transporte:
Ils meurent ; leur fureur seconde leurs éfforts.
C'est l'ordinaire fin de ces riches avides,
Qui tentent vainement sur les plaines liquides,
D'assurer un bonheur frivoles & passager,

Qui , lorſqu'il eſt acquis , ſuſcite le danger.
　Malheureux habitans des terres fortunées !
Vous voyez fous le joug de triſtes deſtinées
Immoler à jamais vos naïves vertus,
Au vice furieux qui noús a corrompûs ;
Poſſeſſeurs de tréſors , vous mettiez la richeſſe
Dans un cœur naturel inſtruit par la Sageſſe :
Nous avons ſubjugué vos pays & vos cœurs,
Et remplis tout chez vous de carnage & d'horreurs ;
Vous euſſiez pu chez nous , cherchant les aventures,
Nous accabler auſſi de pareilles tortures ;
Mais vos timides cœurs étoient trop généreux ,
Pour charger l'innocent de fers les plus affreux.
Nous vous avons montré , de tous vos biens avares,
Que nous ſommes les ſeuls qu'on doit nommer barbares ;
Et que tout l'appareil de ces noms faſtueux,
D'eſprits illuminés , de vainqueurs glorieux,
Ne peut-être à vos yeux qu'un horrible aſſemblage
De ce que la nature a fait de plus ſauvage.
Veſpuce & Pizarro , par dès combats ſarglants ,
Vous ont enſeigné l'art des forfaits éclatans ;
Ils ont porté chez vous les crimes de nos Peres,
Et l'or vous met en proie à nos âpres miſeres.
La paix , de vos parens , en chaſſoit le courroux ,
Nous vous avons rendus farouches comme nous ;
Et la pure amitié , le bonheur de vos ames ,
Ne luit plus à vos yeux de ſes divines flammes :
Vous avez emprunté de nous toutes nos mœurs ,
Nos vices ſeduiſans ont corrompu vos cœurs.
L'équité, de la paix autrefois l'équilibre ,
Enchaîna votre bras qui ceſſa d'être libre ;
Notre pouvoir affreux pour jamais la lié ,
Et vous & vos Enfans, ſans foi ni ſaus pitié ,
Ont invoqué des loix les châtimens ſéveres,
Implorant des Vengeurs devenus néceſſaires ,
Et ceſſant de couler leurs jours en liberté ,
Leurs mœurs hâtent l'effet de la ſéverité.
Vos pays vertueux , ſubjugués par nos vices,
Placerent le repos au milieu des ſuplices.
De vos triſtes hymens allumant les flambeaux,
Vos nœuds ne ſervent plus qu'à croître tous vos maux.
En proie aux paſſions , aux guerres inteſtines ,
Vous fondez votre fort ſur vos propres ruines ;
Et tout ce que le vice a de plus criminel ,
Vous offre comme à nous l'appas le plus mortel.

Vos maux pour vos enfans font tous héréditaires,
Et leurs malheurs communs les font nommer nos freres ;
Ils ne font plus pour nous de fauvages humains,
Mais des hommes inftruits dans nos perfides biens :
Nos vices en changeant tout votre caractere,
De nos doctes leçons furent l'affreux falaire.
Que vous euffiez bien fait de vous en affranchir,
Et fecouer le joug qué l'on vous voit fubir.
O contrafte étonnant de vos biens & des notres,
Vos biens font nos malheurs, les nôtres font les vôtres.
Nos Loix vous ont appris qu'il étoit des forfaits
Que l'on devoit punir par de cruels arrêts :
Ces redoutables biens étoient pour vous étranges,
Et vous ne leur donniez que de vaines louanges,
Votre liberté feule a fait votre tréfor,
Vous vous êtes trompés, croyant l'avoir encor,
Nous vous avons donnés une leçon funefte :
Vous ignoriez alors le parjure & l'incefte,
Et c'eft en imitant dans vos pays nos mœurs,
Que l'on vous vit en proie à toutes nos erreurs ;
Et tous nos propres biens vous furent plus funeftes,
Que le foudre grondant & les terribles peftes.
Mais que nous ont produit vos terres, vos tréfors ?
Ils ne méritoient pas nos violens efforts :
Qu'avons-nous de befoin, dans les lieux où nous fommes
De pain, c'eft le vrai bien que le ciel donne aux Homm.
Or ces mondes nouveaux, par notre orgueil vantés,
N'ont fourni qu'un befoin de nos frivolités,
Et non les biens réels, les feuls dignes d'envie.
Les tréfors de Cérés, alimens de la vie,
De l'or Amériquain quel que foient les appas,
C'eft un faux bien qui vient fuborner nos climats.
L'Amérique par-tout eft fans nulle culture,
Ce foin n'y hâte pas les fruits de la nature.
Mais fans compter pour rien le fort ni les dangers,
Nous tirons tous nos maux des pays étrangers,
Oui, cette antique pefte eft redoutable encore,
Et fon poifon nous mine & toujours nous dévore ;
Le Ciel y pourvut bien dans ces climats lointains,
Où des fimples fans l'art étoient les médecins.
En tranfportant chez nous ces plantes falutaires,
Ils n'ont point eu l'effet des terres étrangéres ;
Des maux Amériquains l'homme peftiféré,
Voit luire le flambeau d'un jour inefpéré,

Il languit, le poifon confomme fes entrailles;
Il fe voit en lambeaux, attend fes funérailles.
Combien furent perdus par ces poifons nouveaux,
Et combien de nos jours defcendent aux tombeaux?
Ferai-je le tableau de cet objet funefte ?
Les exemples récens vous prouveront le refte.
Mais nos maux font comblés par un deftin fatal ,
En tranfportant au loin tout notre art infernal :
L'appas de conquérir fufcite nos amorces,
Nous nous affoiblifons en divifant nos forces ;
Nous rappellons envain nos foldats égarés,
Ils enfreignent les loix qui les a féparés.
Les Sauvages guerriers, leurs compagnons en poudre ,
Apprennent bientôt d'eux l'art de lancer la foudre.
Nous fommes écrafés de tout leur nombre affreux ,
Ils vainquent nos Guerriers, qu'ils prenoient pour des Dieux,
Et le prix de leur fang verfé dans cent batailles,
Peut-être eft-il celui de deux ou trois murailles
Dont nous couvrons nos gens en un pays étroit,
Prêts à perdre en tout temps ce déplorable droit,
Qui pour le maintenir, en dépeuplant nos terres,
Nous met en proie aux maux des plus affreufes guerres.
Mais à refter chez foi quel plus louable foin,
Quand l'art & la nature accordent le befoin
Confidérons pourtant quels font les avantages
Que l'on peut retirer de ces fréquens voyages ;
Dabord en tous climats l'ardeur de voyager ,
Nous offre le commerce avec l'étranger :
Nos vaiffeaux en bravant la tempête & les ondes ,
Nous portent les tréfors de tous les nouveaux mondes ;
Précieux à nos cœurs ils ont flatté nos fens.
Ils nous rendent par-tout terribles & puiffans ,
Et c'eft par leurs fecours que l'Univers immenfe
Voit rouler dans fon fein la joie & l'abondance.
Avant que l'Efpagnol fubjugua le Chili ,
On ignoroit par-tout l'argent de Potofi ,
Ce métal précieux , l'objet de notre envie :
L'or, à peine venoit des confins de l'Afie,
Accufer des pays en proie à leurs befoins.
Qui défiroient le prix de leurs précieux foins ,
Un feul coin du Pérou, de fon defert immenfe,
Où rarement l'on vit naître l'humaine engeance,
Suffit pour nous porter des tréfors infinis ,
Les nerfs de nos combats, de nos travaux le prix,

Et l'air en fecondant, fur les plaines liquides,
Nos vaiffeaux enhardis à des courfes rapides,
Nous fit tirer bientôt de nos propres pays,
Par chaque nation diverfement conquis,
Les métaux précieux dont fe fervaient nos Peres,
Qu'on ignora toujours aux terres étrangeres.
 Vous ne connoiffiez pas la valeur de ces biens,
Farouches Méxiquains, trop bons Péruviens :
Vous nous avez permis d'en dépouiller vos terres,
Leur prix fut allumer le flambeau de ces guerres,
Que fe font fait alors d'avides conquérans,
Par le droit des combats devenus vos tyrans ;
Vous avez reffentis, par épreuves funeftes,
Qu'on ne doit prophaner tous ces tréfors céleftes,
Qui font germer chez nous les autres de Cérès,
Et que le fer, non l'or, doit fendre les guerets.
Si vous euffiez connu tout fon pouvoir immenfe,
Vous vous feriez trouvés en état de défenfe,
Vous auriez repouffés les coups d'aventuriers,
Qui de tout votre argent ont foldé vos guerriers.
Ils vous ont bien appris la terrible fcience,
Que l'homme rarement conferve l'innocence,
Que quand on eft muni contre l'homme & le fort,
On n'appréhende point l'efclavage & la mort.
 Jours à jamais fameux, où par d'utiles pertes,
Le fort nous enrichit de tant de découvertes,
Qui de nos paffions en contentant les vœux ;
A fondé le bonheur de nos propres Neveux,
Vous avez diffipé par une connoiffance,
Les voiles qui couvroient les yeux de l'ignorance.
Hélas ! on ignoroit dans ces temps ténébreux,
Quelle étoit notre fphere on croyoit par les yeux,
On ne connoiffoit point cet inftrument phyfique,
Qui du monde arrondi formant la méchanique,
A nos yeux étonnés préfente l'Univers,
Trace des chemins fûrs deffus le fein des mers.
Des aftres lumineux au foleil tout femblables,
Nous croyions les grandeurs lors incommenfurables ;
On puniffoit tous ceux qui vouloient s'y porter,
C'étoit même un forfait que d'y vouloir tenter.
Ou fait que par fon art le favant Galilée,
Sufcita contre lui l'ignorance zélée ;
Il ralluma les feux d'un horrrible corroux ;
Qui lui portoient déja cent envieux jaloux.

De son grand art nommé Duvil, nom de Folie,
On imputoit l'effet à la sorcellerie ;
Et ce fameux Savant fut conduit en prison ,
Comme un Magicien qui perdoit la raison.
On crut qu'on ne pouvoit sans commettre de crimes
Ou pénétrer les cieux ou sonder les abîmes.
Nous avons donc instruit ces fiers Amériquains,
Dans nos maux , ils nous ont donné de petits biens.
Et s'ils nous ont montré chez nous ce que la peste
Peut avoir à nos yeux d'horrible & de funeste ,
Ils nous ont apportés du moins les guérisons ,
Qui calmerent un peu les maux de leurs poisons ;
Je vous ai donc fait voir ces tristes avantages.
Qu'on tire des pays , objets de nos voyages :
Je vous en ai montré tous les malheurs constans :
Choisissez , d'être en paix ou fortunés errans.

Choisissez d'exposer vos beaux jours sur les Ondes,
Ou de vivre dans vos climats :
Ne soyez point en proie à vos douleurs profondes,
Vous cesserez sur mer d'affronter le trépas.

FIN.